KB132395

은는이가
정끝별 시집

문학동네시인선 063 정끝별

은는이가

시인의 말

다섯번째 패를 돌린다

이렇다 할 도박력도 없이
이렇다 할 판돈도 없이

발바닥에 젖꼭지가 돋거나
손바닥에 닭살이 돋거나

2014년 10월
정끝별

차례

3부 푹

4부 기타 등등

1부

궁극의 타이밍

그게 천년

꽃 핀 자두 가지 사이
목을 내뺀 새 두 마리

꽃만 보네 흰 꽃자리에
금세 흰 눈 앉을 텐데

가지를 사이에 두고
꽃만 보며 SeeSaw SeeSaw

한눈 한 번 주면
한 세상이 기우뚱할 텐데

오래 망설이는 건
오래 외로웠기 때문?

왜 이리 더딘 걸까!
흰 자두꽃 곧 질 텐데

불선여정(不宣餘情)

쓸 말은 많으나 다 쓰지 못한다 하였습니다 편지 말미에
덧붙이는 다 오르지 못한 계단이라 하였습니다

꿈에 돋는 소름 같고 입에 돋는 혓바늘 같고 물낯에 돋는
눈빛같이 미처 다스리지 못한 파문이라 하였습니다

나비의 두 날개를 하나로 접는 일이라 하였습니다 마음이
마음을 안아 겹이라든가 그늘을 새기고 아침마다 다른 빛깔
을 펼쳐내던 두 날개, 다 펄럭였다면 눈멀고 숨 멎어 돌이
되었을 거라 하였습니다

샛길 들목에서 점방(店房)처럼 저무는 일이라 하였습니
다 봉인된 후에도 노을을 노을이게 하고 어둠을 어둠이게
하는 하염총총 하염총총, 수북한 바람을 때늦은 바람이게
하는 지평선의 목메임이라 하였습니다

때가 깊고 숨이 깊고 정이 깊습니다 밤새 낙엽이 받아낸
아침 서리가 소금처럼 피었습니다 갈바람도 주저앉아

불선여정 불선여정 하였습니다

꽃들의 만(灣)

첫 꽃은 첫 꽃의 의지대로
끝 꽃은 끝 꽃의 의무대로
꽃이란 미래의 기억이라서
지나가는 소음이라서

갓 돋은 잎을 내모는 바람의 궤도는
그릴 수 있는 것이 아니라서

꽃이란 주르륵 미끄러지는 것
차가워지는 것 말라가는 것
오가는 추(錘)처럼 계절에 들고
시침과 분침처럼 계절을 나라했거늘

움켜쥔 손아 지나가다오
피워낸 꽃 밖의 허공은
네 눈이 닿지 않는 곳이라서
아무것도 아닌 곳이라서

봄날에 겨워 나 툭 지거든
늘 푸른 여름 바다 한 그루 심어다오
내 묻힐 반 평 땅에 여름 가지 끝을 꽂아다오
깜깜했던 뿌리, 허공에 마저 피워낼 수 있도록

피고 또 지며 먼길 달려왔으니
붉은 잎아 일체로 흩어져다오
천(千) 무더기 진흙꽃아

사랑의 병법

네가 나를 베려는 순간 내가 너를 베는 궁극의 타이밍을
일격(一擊)이라 하고
뿌리가 같고 가지 잎새가 하나로 꿰는 이치를 일관(一貫)
이라 한다

한 점 두려움 없이 열매처럼 나를 주고 너를 받는 기미가
일격이고
흙 없이 뿌리 없듯 뿌리 없이 가지 잎새 없고 너 없이 나
없는 그 수미가 일관이라면

너를 관(觀)하여 나를 통(通)하는 한가락이 일격이고
나를 관(觀)하여 너를 통(通)하는 한마음이 일관이다

일격이 일관을 꽃피울 때
단숨이 솟고 바람이 부푼다
무인이 그렇고 애인이 그렇다

일생을 건 일순의 급소
너를 통과하는 외마디를 들은 것도 같다

단숨에 내리친 단 한 번의 사랑
나를 읽어버린 첫 포옹이 지나간 것도 같다
바람을 베낀 긴 침묵을 읽은 것도 같다

굳이 시의 병법이라 말하지 않겠다

기나긴 그믐

소크라테스였던가 플라톤이었던가
비스듬히 머리 괴고 누워 포도알을 떼먹으며
누군가의 눈을 바라보며 몇 날 며칠 디스커션하는 거
내 꿈은 그런 향연이었어

누군가와는 짧게
누군가와는 오래

벌거벗고 누운 그랑 오달리스크처럼
공작새 깃털로 허벅지를 쓰다듬으며
살짝 돌아서 누군가의 손을 기다리는 팜므의 능선들
그 파탈의 능금을 깨물고 싶었어

누군가에게는 싸게
누군가에게는 비싸게

오 마리아의 팔에 안긴 지저스 크라이스트!
누군가의 품에 그렇게 길게 누워
나 다 탕진했노라 쭉 뻗은 채
이 기립된 생을 마감하고 싶었어

누군가는 하염없이 울고
누군가는 탄식조차 없고

검은 관 속에 누운 노스페라투 백작처럼
그날이 그날인 이따위 불멸을 저주하며
첫닭이 울 때까지 아침빛에 스러질 때까지
내 사랑의 이빨을 누군가의 목에 꽂고 싶었어

누군가처럼 목욕탕에서 침대에서
누군가처럼 길바닥에서 관 속에서

다시 차오를 때까지

그냥 그런 사람
― 플로리다에서 온 편지

오늘은 위창수가 너무 잘해서 기분이 좋았지요. 위창수가 누군
지 모르지요? 나는 오늘 그 사람 때문에 얼마나 힘들게 많이 그리
고 오랫동안 땡볕을 걸었는지 발바닥이 아프기까지 했습니다. 이
젠 누군지 알 것 같습니까? 그래도 모르시겠어요? 그냥 그런 사람
이 있다 하고 지나가지요.

전라도 사투리가 구수한 시인 이창수도 아니고
돌직구의 대가 내 사촌 정창수도 아닌
당신의 위창수는 누구인가요?
알 수 있는 열한 가지 방법을 애써 닫아걸고
그냥 그런 사람이 있겠거니 지나가려는데,
정말 누굴까요 위 창수는?
메일을 닫자마자 생각이 꼬리를 물어옵니다
그러니까 그는 플로리다에 있고
뭔가를 너무 잘해서 당신을 기분 좋게 하는 누군가이고
땡볕에 발바닥이 아프도록 당신을 걷게 하는
당신이 좋아하는 누군가이니
나도 좋아할 우리의 창수를 알고 싶긴 하나
그런 양 그런 사람도 있어야 한다며 지나갑니다
첫눈이어도 금세 사라질 눈인 듯
첫 숨이 아니어도 쉼 없는 숨인 듯
괄호에 묶어둘 누군가가 있다는 건 든든한 일입니다
담담해서 한껏 삼삼한 일입니다

내게도 당신에게도
그냥 그런 사람에게도

저글링 하는 사람

—Georges Rouault, 〈Le Jongleur〉, 1930

현관 앞 조간신문이 떨어졌다 신호탄처럼 십자매 한 마리
가 아침 새장을 걸어나갔다

오른손에서 왼손으로 왼손에서 오른손으로

출근길 팬티스타킹 올이 나갔다 정오의 젓가락 사이에서
설렁탕집 붉은 깍두기가 떨어졌다 살색 스커트 위로

주고 받고 올리고 내리고 오고 가고

오후의 병실 침대에서 아버지 고개가 떨어졌다 털썩, 하
느님 눈썹이 한 눈금 물러섰다

공중에서 공중으로 허공에서 허공으로

과속의 핸들을 놓치고 심장에 삐끗 금이 갔다 야채 장수의
일 톤 트럭에서 양파 자루가 쏟아졌다 어디로?

공이나 링이나 칼이나 모자나 너나 나나

저녁 문상객의 검은 양말에 구멍이 났다 뒤꿈치든 눈물이
든 고해성사든 쏟아질 일만 남았다

하나에서 둘로 둘에서 다시 하나로

　육개장 세 그릇을 주고 일곱 개의 부의 봉투를 받았다 하
나의 너를 던져 둘 된 나를 돌려받았다

　　　　　엉키지 않게 살살 떨어뜨려줘!

　해를 던져올려 달을 내려받는 아침저녁이 기우뚱 너를 놓
치고 리듬을 놓칠 때, 울면 웃음거리?

　　　새벽이 되어도 포물선 한끝이 돌아오지 않았다

은는이가

당신은 당신 뒤에 '이(가)'를 붙이기 좋아하고
나는 내 뒤에 '은(는)'을 붙이기 좋아한다

당신은 내'가' 하며 힘을 빼 한 발 물러서고
나는 나'는' 하며 힘을 넣어 한 발 앞선다

강'이' 하면서 강을 따라 출렁출렁 달려가고
강'은' 하면서 달려가는 강을 불러세우듯
구름이나 바람에게도 그러하고
산'이' 하면서 산을 풀어놓고
산'은' 하면서 산을 주저앉히듯
꽃과 나무와 꿈과 마음에게도 그러하다

당신은 사랑'이' 하면서 바람에 말을 걸고
나는 사랑'은' 하면서 바람을 가둔다

안 보면서 보는 당신은 '이(가)'로 세상과 놀고
보면서 안 보는 나는 '은(는)'으로 세상을 잰다

당신의 혀끝은 멀리 달아나려는 원심력이고
내 혀끝은 가까이 닿으려는 구심력이다

그러니 입술이여, 두 혀를 섞어다오

024

비문(非文)의 사랑을 완성해다오

한밤이라는 배후

다시 모래시계가 뒤집혔다

저 달이 지면 당신이 태어났던 황도의 마지막 별자리도 중
천에서 사라질 것이다 기억의 끈이 날개를 접고 날개를 대
신했던 두 팔은 포옹을 풀고 투신하리라 모래처럼 한잠 속
으로

한잠 속에서 나는 묵묵한 낙타였어
낙타 등에 올릴 최후의 짐을 가늠하는 카라반이었어
카라반이 사고팔던 암염과 한데 묶인 말린 물고기였어
물고기가 아가미를 풀어헤치며 놀던 산호초였어 한잠 속
에서 나는

한잠 후면 아뿔싸 늦어버린 또 한잠이 밀려왔고
한잠을 빠져나오면 젠장 여긴 또 어디? 또 한잠 속에 떨
어져 있었다
이게 아닌데 이게 아닌데 도리질치며 또 한잠을 살아야
했다
한잠이 또 한잠 곁에 있고 또 한잠이 한잠 품에 있어
한잠을 자러 전생을 출정하는 나는 한잠의 전사

손목 안쪽에서 백기처럼 벌떡이는 정맥의 노래가 퇴화한
날갯죽지에 새겨진 푸른 조감도였음을, 세상 지도라는 게

벌떡이는 피가 식어가는 천일야화처럼 누구도 읽으려 하지
않는 한잠의 음화였음을,

  한잠에서 떨어진 단추 하나가 한잠의 사랑을 고백하듯
  한잠에서 떨어진 음모 한 가닥이 한잠의 배반을 부르듯
  맹점의 말줄임표에 묶인 무주를 일주하는 나는 무구한 유
랑자

  정맥은 왜 푸른가 잠에는 왜 팔이 없는가 모래 먼지 가득
한 비극과 비극 사이 막간극에 등장하는 희극적 대사가 혈,
이었던가? 할, 이었던가?

  그러니 내가 한잠의 한참을 떠도는 잠의 이동자라면
  사무친 당신을 찾아 얼마나 오래 이 한밤에 머물러야 하
는 걸까
  흘러내리는 모래시계를 또 얼마나 뒤집고 뒤집어야만 하
는 걸까, 옴(唵)―

  한밤의 위태로운 목줄을, 썩지도 않고 오가는 모래알에 좀
이 쑤시고, 핏속을 떠도는 세월의 혈전에 쉬가 스노니

  그만총총 이 한잠의 기억에 날개를 달아야 할 때
  차라리 하염총총 한밤의 배후가 되어야 할 때

강그라 가르추

한밤을 가자
아무것도 쓰이지 않은 흰 밤을
맨발로 달려가자 모든 죄를 싣고 검은 야크의 눈에
서른 개의 달을 싣고

강그라 가르추를 가자
가다 갇히면 덧창문 아래서
강된장을 끓이며 오랜 슬픔에
씨앗만해진 두 입술을 나누며
뭉쳐진 밥알처럼 숨죽이며 가자

얼음 박힌 서로의
발꿈치를 어루만지며 가자
버리고 온 것들이 숭늉처럼 가라앉을 때까지
눈보라에 튼 붉은 뺨을 씻고

처마 밑 고드름 녹는 소리에
순무들의 푸른 귀가 돋는 곳으로 도망가자
도망온 것들이 그리워지는 그곳으로 가자

몇 날 며칠을 가자
너라는 천산산맥 나라는 만년설산 너머
강그라 가르추를 넘어

펭귄 연인

팔이 없어 껴안을 수 없어
다리가 짧아 도망갈 수도 없어

배도 입술도 너무 불러
너에게 깃들 수도 없어

앉지도 눕지도 못한 채
엉거주춤 껴안고 서 있는
여름 펭귄 한 쌍

밀어내며 끌어안은 채
오랜 세월 그렇게

서로를 녹이며
서로가 녹아내리며

춘투

첫 꽃술이 쳇!
아리랑 성냥을 긋듯 신호탄을 울리자

선홍의 목젖이 버럭 돋고
노란 양은 쟁반이 달려든다 덩달아
분홍 다라이와 흰 주먹이 획획
오월 내 한 치도 물러서지 않는
새빨간 바가지에서 핏빛 주발까지

구경난 봄바람은 말리는 시누이!

저것들을 그냥,
지나던 구름이 소낙비 한 양동이를 끼얹자

대꾸 한마디 없이
가루란 가루 죄다 뿌리고 집 나온
어여쁜 내 친구의 부부싸움 뒤끝처럼
밀가룬 듯 고춧가룬 듯 콩가룬 듯 설탕 가룬 듯
꽃가루란 꽃가루 마구 뿌리고 줄행랑을 친

춘백이랬더니 개나리야
진달래랬더니 목련이야
아니 모란이랬더니 가히 양귀비야!

시

마른 웅덩이에 붐비는 봄빕니다 지지배배 지지배배 연어
치어떼처럼 제 이름을 부르며 몰려드는

바람의 앞니가 웅덩이 물낯에 잇자국을 만들고 갑니다 딱
그만큼만 떨 뿐 비명처럼 함부로 넘쳐나지 않겠습니다 상처
의 구원을 구걸하지 않듯 기억의 반전도 완성하지 않겠습니
다 더디더라도 더 더 더 아프고 나면

잎눈들처럼 여름을 품겠습니다 그때까지 낙타 누룩 누르
하치 누나 늦별 기다리겠습니다 해찰하던 오후의 해가 손을
담그면 금세 말랑말랑해지는 웅덩이는

숨겨진 악기입니다 발군의 바람이 발굴한 한숨 한숨의 소
용돌이, 딱 그만큼의 소란한 소식입니다 그렇게 터져야 할
침묵입니다 웅덩이에 입술을 그려넣고 그 둥근 꽃술 끝에

하늘을 열어놓겠습니다 잃어버린 일침처럼 천창에 별똥
별이 내리꽂히기도 합니다 다르더라도 더 더 더 가까워져야
할 때입니다 북두칠성과 한몸된

세상 깊은 당신의 모어입니다 낮게 내려앉은 당신의 물비
린내입니다 머나먼 밤을 건너 다시 당신께 닿겠습니다

2부
도대체 어떤 삶을 산 거야, 당신은?

봄

불 들어갑니다!

하룻밤이든 하룻낮이든
참나무 불더미에 피어나는 아지랑인 듯

잦아드는 잉걸불 사이
기다랗고 말간 정강이뼈 하나

저 환한 것
저 따뜻한 것

지는 벚꽃 아래
목침 삼아 베고 누워
한뎃잠이나 한숨 청해볼까

털끝만한 그늘 한 점 없이
오직 예쁠 뿐!

한 걸음 더

낙타를 무릎 꿇게 하는 마지막 한 짐
거목을 쓰러뜨리는 마지막 한 도끼

사랑을 식게 하는 마지막 한 눈빛
허구한 목숨을 거둬가는 마지막 한 숨

끝내 안 보일 때까지 본 일 또 보고
끝을 볼 때까지 한 일 또 하고

거기까지 한 걸음 더
몰리니까 한 걸음 더

댐을 무너뜨리는 마지막 한 줄의 금
장군!을 부르는 마지막 한 수

시대를 마감하는 마지막 한 방울의 피
이야기를 끝내는 마지막 한 문장

알았다면 다시 할 수 없는 일
알았다 해도 다시 할 수밖에 없는 일

거기까지 한 걸음 더
모르니까 한 걸음 더

묵묵부답

죽을 때 죽는다는 걸 알 수 있어?
죽으면 어디로 가는 거야?
죽을 때 모습 그대로 죽는 거야?
죽어서도 엄마는 내 엄마야?
계절을 가늠하는 나무의 말로
여섯 살 딸애가 묻다가 울었다

입맞춤이 싫증나도 사랑은 사랑일까
반성하지 않는 죄도 죄일까
깨지 않아도 아침은 아침일까
나는 나로부터 도망칠 수 있을까
흐름을 가늠하는 물의 말로
마흔넷의 나는 시에게 묻곤 했다

덜 망가진 채로 가고 싶다
더이상 빚도 없고 이자도 없다
죽어서야 기억되는 법이다
이젠 너희들이 나를 사는 거다
어둠을 가늠하는 흙의 말로
여든다섯에 아버지는 그리 묻히셨다

제 짐 지고 제 집에 들앉은
말간 물집들

항문의 역사

여든넷의 아버지는 관장중이시다
늙은 간호사에게 엉덩이를 내맡긴 채
손가락 두 매듭이 들어갈 정도로
깊숙이 밀어넣어야 한다며 당부중이시다
벗겨진 아버지 엉덩이 나 애써 외면했으나
항문 밑으로 늘어진 귀두 다 보아버렸으니

어린 딸 항문에 관장약을 밀어넣듯
아버지 낡은 항문에 손가락 두 매듭을
깊숙이 밀어넣을 수 있을 때
그제서야 나는 여자가 될 수 있고
날 낳은 몸을 내가 낳은 몸처럼 관장할 수 있을 때
비로소 나는 어미가 될 수 있을 텐데

모든 사랑은 항문에서 완성되는 것이라서
내 깊은 항문을 누군가에게 내맡길 때
그제서야 내 사랑도 완성될 것이고
오므렸다로 시작해 벌렸다로 끝이 나는
이 사랑의 기록을, 괄약하고 괄약했던
뒤창자 끝을, 쏟아낼 수 있을 텐데

목에 걸고

다섯 살쯤의 사내아이가 "난 자연식품만 먹어요. 과자나
사탕을 주지 마세요. 엄마로부터"라는 표찰을 목에 걸고,
아이스크림을 핥아먹고 있는 사내를
쳐다보고 또 쳐다보고 있었어

중국 성도(成都)의 아파트 공사장에서는 갓 대학 시험을
치른 청년이 전선줄을 훔치다 들켜 맨가슴에 "나는 좀도둑
(小偸)"이라는 주홍 글씨를 목에 걸고,
쇠파이프 골조에 15시간을 묶여 있었어

장발에 나팔바지를 입은 대학생 오빠는 해변으로 가자며
청춘의 노래를 선창하곤 했어 세고비아 기타를 목에 걸고,
"조개껍질 묶어 그녀의 목에 걸고"
불가에 마주앉아 밤새 먹고 마시고 부르고

스물다섯 살 118kg의 장미란은 제 몸보다 두 배나 더 무거
운 바벨을 들어올린 후 금메달을 목에 걸고,
두 팔을 번쩍 들고 흔들었어
모든 만세는 중력에의 거부야

여든 살의 남자 주인공은 "내 이름은 레오 거스키이며
가족은 없습니다. 파인론 공동묘지에 연락해주십시오"라는
메모를 목에 걸고,

열다섯 살 적 첫사랑 소녀 알마를 만나러 갔어

언제 죽을지 몰라 셋방조차 구하기 어려운 독거노인들이
외로움에 지쳐 독방에서 이런저런 줄을 목에 걸고,
세상 끝 놀이를 하다 정말 목을 매기도 했어

하나밖에 없는 목을 목에 걸고
집을 나서는 각별한 아침이야

위대한 유산

개를 앞세우지 마라

뒷발질보다 뒷모습을 닮는 게 더 무서웠다 키가 큰 아버지는 늘 한 걸음 앞장서 걸으셨다 태어나 처음 본 것들을 좇아가는 오리처럼 우리는 싸울 때도 떼거리였다 짧은 날개를 퍼덕이며 꽥꽥인 것도 제 겁(怯)을 숨기려는 허세였다 아버지가 부리를 높이 치켜들면 우리도 일제히 부리를 치켜든 채 꽥꽥거렸다

빵이 하나뿐인 길을 친구와 걷지 마라

물고기들도 배가 고프면 지느러미를 칼처럼 곧추세워 상대를 물어뜯곤 한다 포기할 수 없는 걸 포기하게 하는 자가 악마다 내가 인간이고 내가 어미라는 게 악의 뿌리였음을 눈치챈 게 빵이 있던 길목에서였던가 포기는 늘 향긋한 빵 냄새를 좇아간다 내가 길을 낳으리라고, 내가 길이다, 라고 노래하지 말았어야 했다

흰 칼을 들고 칼질하지 마라

앞선 그림자에 목털을 세우고 이빨을 드러내는 원숭이를 본 적이 있다 원숭이들은 대체로 뒤를 살피지 못한다 그러나 한 발 뒤로 물러선 검은 그림자가 내 흰 다리를 지탱해

왔다 입던 옷에 새 옷을 걸쳐 입는다한들 제 그림자를 바꿀
수 없다 바닥에 드러누운 자기에게 칼을 들이대는 자에게
용납이란 없다 칼질이 되지 않는 게 있다는 걸 알았을 때 용
서는 찾아온다

　　　　　창(窓) 아래 의자에 앉지 마라

　제 그림자를 지키기 위해선 기린도 기다란 목으로 서로의
목을 감고 싸운다 온몸이 그림자인 뱀은 몸 전체가 목이다
모가지가 긴 것들은 슬프지 않아도 자주 창 너머를 넘보곤
한다 누군가의 척추를 세워주던 의자가 때때로 창문 너머를
넘봤던 척추를 떨어뜨리는 사다리가 되기도 했다 탈출이든
추락이든 혁명이든 반역이든 기다란 목이 의자를 밟고 창문
을 넘었을 때 알게 된다

　　　　　팔짱 끼고 기적을 꿈꾸지 마라

　앞발은 도모하는 마음이다 카멜레온은 제 앞을 가로막는
적을 가지에서 떨어뜨리기 위해 앞발을 사용한다 가지런히
모은 두 앞발에 얼굴을 묻고 기도한들 일어날 수 없는 일이
일어나지는 않는다 들린 두 발은 결국 허방을 딛기 마련이
다 사진을 찍고 나서 보면 내 두 앞발은 자주 겨드랑이에 파
묻혀 있었다

이끼는 뿌리가 없고 미끼의 뿌리는 깊다
아버지는 평생을 미끼에 속는 이끼였다

반평생을 나는 아버지를 앞세우고 왔다

죽음의 속도

므두셀라라는 이름의 소나무는
수수만년의 반만년을 살아내느라
긴 폭설과 길고 긴 뙤약볕을 받아내느라
뼈다귀 같은 흰 몸통을 뒤틀고 있었다

척박할수록 마른땅에 내린 뿌리일수록
깊을수록 말갛게 빨아올린 물관일수록
웅크릴수록 잎이랄 게 없는 바늘잎일수록
침묵일수록 뜨겁게 지켜낸 그믐꽃일수록

해발 삼천 미터 산비탈 사막에서
삼칠일 남짓한 눈석임물에 한 해의 뿌리를 적시는
죽었다고도 살았다고도 할 수 없는
므두셀라라는 이름의 소나무를 하마터면
희망의 등골이라 부를 뻔했다

너일수록 너에게 뿌리내린 사랑일수록
둥치일수록 비탈에 부려둔 목숨일수록
잎일수록 사막을 완성하는 고행일수록
꽃일수록 생장을 멈춘 불굴의 뼈일수록

그렇게 천천히 살아내는
그렇게 천천히 죽어가는

동태 눈알

무와 콩나물과 미더덕에 휘감긴 채
냄비 바닥에 남은 동태 머리 한 토막

아버지는 유난히 동태 머리를 좋아하셨다
아가미와 눈알, 곤이라는 내장도 달게 드셨다
남편과 아이들은 동태 머리를 먹지 않는다
남기려는데 밀랍처럼 봉인된 저 낯익은 눈빛
국그릇에 떠와 발라먹는다 빨아먹는다

처음 살맛은 무능처럼 무르다
골육을 휘감던 수압이든 어둠이든
마지막 숨처럼 쉽사리 내려놓지 못하고
쌕쌕 소리를 내던 아버지의 벌린 입
속풀이에 그만이라는
천 갈래 아가미는 모독처럼 쓰다

파도든 해일이든 벌건 눈으로 맞으며
핏줄의 피로랄까 연명의 연속이랄까
냉동과 해동을 거듭 오가다 병상에 누워
안 보여야, 셋째 아들한테만 귀띔한 채
그리 부릅뜨고 계셨던 아버지의 먼눈
끝내 입에 넣을 수 없는

젓가락이 들어올린
허공을 삼킨 동공

별책부록

한 무리의 고래가 해안에 몰려들었다
썰물 때가 되어도 바다로 돌아가지 않았다
누구든 죽고 싶은 때가 있는 법이다
거리를 뒹굴다 쓸려가는 낙엽들도
한때는 잉걸불이었건만

죽음이란 생물학적이라기보다 화학적이다
한 평 남짓한 벽을 회칠할 수 있는 석회와
성냥 몇 개비를 만들 수 있는 인과
커피 몇 잔을 탈 수 있는 물로 환원될 뿐이다
어느 책에서 읽었던 구절이다

아, 탄소가 빠졌다
주검이 남긴 탄소는 허공을 떠돌다 새 별을 만든다
살아 있는 것들의 동공에는 불꽃이 살고 있어
고래가 물 아닌 별로 돌아가는 게 화학이다
감전이든 감염이든 도망이든 기진이든

모든 죽음은 자살 아니면 의문사라고
당신을 보내고 내가 삼킨 문장들
식어가는 잉걸불처럼 가물대는 별 됐다
아침이면 삭제 가능한 부록 됐다
엔딩 크레딧의 별 책 부록 다 됐다

수평선 밑에서 싹처럼 피어올랐던 고래 꼬리가
그날 새벽 북두칠성 국자에 떠 담겨
바다 밖 페이지에 말줄임표로 못박혔다
도대체 어떤 삶을 산 거야, 당신은?

끝없는 이야기

　내가 본 창경원 코끼리의 짓무른 눈꺼풀을 너도 봤다든
가 네가 잡았던 205번 버스 손잡이를 내가 잡았다든가 2호
선 전철에서 잃어버린 내 난쏘공을 네가 주워 읽었다든가
시청 앞 최루탄을 피해 넘어진 나를 일으켜준 손이 네 손이
었다든가

　네가 앉았던 삼청공원 벤치, 내가 건넜던 대학로의 건널
목, 네가 탔던 동성택시, 내가 사려다 만 파이롯트 만년필,
네가 잡았던 칼국수집 젓가락, 내가 세들고 싶었던 아현동
그 집

　열쇠 수리공은 왜 그때 열쇠를 잃어버렸을까
　도박사는 왜 패를 잘못 읽었고 시계공은 왜 깜빡 졸았을
까 하필 그때
　한 여자가 한 남자에게 사과를 건넨 그때는 왜 하필 그때
였을까

　너 있으나 나 없고 너 없어 나도 없던
　시작되지 않은 허구한 이야기들
　허구에 찬 불구의 그 많은 엔딩들은
　어느 생에서야 다 완성되는 걸까

　네 졸업사진 배경에 찍힌 빨간 뺨의 아이가 나였다든가 내

어깨에 떨어진 송충이를 털어주고 갔던 남학생이 너였다든
가 혼자 봤던 간디 영화를 나란히 앉아 봤다든가 한날한시
같은 별을 바라보았다든가 네가 쓴 문장을 내가 다시 썼다
든가 어느 밤 문득 같은 꿈을 꾸다 깼다든가

육식의 추억

　죽기 전 더운 피를 뿜어낸 것들의 살은 질기다 피를 쏟아
낼 때의 안간힘에 대한 기억 때문이다 피는 살을 뚫고 비명
보다 먼저 솟구치고 목숨보다 늦도록 흐른다 단칼에 내리친
기다란 오리 목을 움켜잡고 솟구치는 피를 받아냈던 아버지,
어린 열병을 앓고 난 내게 오리 피를 들고 왔던 것도 아버
지였다 눈 딱 감고 마셔라 슈퍼 노른자가 두둥실 떠 있었다

　사는 내내 더운 피를 담고 있던 것들의 살은 연하다 숨을
끓이고 눈물을 끓인 피는 쇳물처럼 비리다 일요일 새벽이
면 아버지는 마장동 도축 시장에서 갓 잡은 소의 뜨끈한 핏
덩이를 사왔다 사춘기 빈혈을 앓던 내게 생간 생지라를 잘
라 소금에 찍어 먹게 했다 씹지 말고 삼켜라 입을 벌릴 때마
다 피 꽃이 피었다

　죽기 전 더운 피가 살 속에서 터진 것들의 살은 달다 터
질 만큼 터진 피가 살에 밴 탓이다 피와 살은 수시로 서로
가 된다 어느 여름에 한솥밥 먹던 누렁이를 냇가 오동나무
에 매달아 몽둥이로 때려잡았던 아버지, 스무 살 결핵을 앓
던 나를 숙이네 보신탕집에 데려가 장국 속 고기만을 골라
건네곤 했다 꼭꼭 씹어라 산초가루에서는 아버지 겨드랑이
냄새가 났다

모란 진다

추풍낙엽 되어 휩쓸려도 봤고
엎친 데 덮친 물도 먹을 만큼 먹었고
악삼재에 아홉수도 고스란히 받아냈으니

백전에 노장은 아니더라도
산전이나 수전 하나쯤은 건넜으리

쉰에서야 마흔아홉의 잘못을 안 사람이 있다 하고
예순이 될 때까지 예순 번을 뉘우친 사람도 있다는데
마흔아홉 너머 예순도 이제 곧

에라이, 닥쳐라 닭들
나도 이제 늙어볼 테다!

쉰이라는데 봄은 또 오고
진 데 겹쳐서 진다, 모란

3부

풋

느릅나무 아래

오월 울새

울면 울새도 울까봐
울새가 울면 울려 했는데
아가야 먼저 울렴 네가 울면
울새도 울 수 있을 테니

팔월 하늘

찬란한 아빠!
겹게 우는 매미를 보세요
사무친 거미가 매미를 잡아먹으려
거미줄을 치고 있어요
난, 난, 혼자예요!

십일월 파

매운맛 든 햇대파 한 단
달랑달랑 사들고 와
베란다 빈 화분에 북 주듯
다시 심고 있는 팔순의 엄마

일파만파 쏟아질 듯 웅크린 등허리

이월 진눈깨비

바람이 불다 말다
함박눈이 내리다 말다
눈 그친 후 눈석임물도
소리 없는 한줄기 눈물발도
오다가 말다가

별

캄캄한 하늘에 물관을 박고
밤새 저리 글썽였으니
아침이면 뚝 뚝 떨어져
꽃눈 총총 피워내겠다

>빛의 속도로
>네 심장을 횡단중이야
>휘청 기울었으니
>지도도 예보도 어처구니도 없는
>전향과 투신의 블랙홀이야 넌

고양이는 물고기 씨에게 기울고
물고기 씨는 아가씨에게 기울고
아가씨는 고양이에게 기울고
조마조마 조마조마
물고기 씨를 입에 문 고양이가 아가씨 품에 안길 때
너를 바라보던 별들의 각도가 무너질 때

그때가 슬픔의 빅뱅
새로운 경사가 탄생할 것이다

>기우는 널 키우는 건 한밤
>언제나 어제 언제나 이제

가슴에 심은 것들만 피어나
그만총총 그만총총
화이트홀처럼 글썽이지 넌

손가락과 구멍

손가락을 보지 말고 달을 보아라
사내는 손가락을 들어 달을 가리켰으나
간다 간다 간다 저 달의 구멍은
가고 가느라 손가락에 불려오지 않는다

뒷골목에 쭈그리고 앉은 사내가
손가락을 들어 입속에 넣자
울컥 딸려나오는 밥의 끝
온다 온다 온다 저 목구멍 속에
도사리고 있는 것들은 언젠가
숟가락에 불려나오기 마련,
오타다 손가락이다

달 구멍 속 별들이 쏟아진다
밥그릇이 밤이슬에 젖을까 걱정이다

한 밥이 한 손가락에 딸려나오는 시간은
한 별이 한 숟가락에 쏟아지는 시간과는 다른 것
젖은 밥을 떠먹던 저 사내는
숟가락 너머의 달을 볼 수 없다
누군가의 손가락이 사내를 부르고 있다

구멍이 손가락을 부른다

숟가락이 구멍을 채울 것이다, 또 오타다

비어 있는 손

숨과 숨 사이 바람은 소슬하고
입술과 입술 사이 갈피는 깊어서

부르다 만 멜로디 하나 떨어지면
호수엔 듯 파문질까 강물엔 듯 파동칠까
물가를 서성이던 발자국
쉬이 흔들리다 쓸려가는 것들
새라면 노래할까 날아갈까

벌써 이틀째다 묵묵한 정원사는
바람에 몰리다 눈비에 젖던 낙엽들을 포대에 쓸어 담고
있다
가을 겨울을 거둬낸 자리마다 연두가 깊다
말끔해진 손바닥은 봄을 기다리는 공터다

오래된 갈피에서 툭 떨어진 사진 한 장
어디였을까 기억나지 않는다
저 안경과 다문 입술과 무표정한 광대뼈
기억을 떠난 출처들은 어디서 몸을 바꾸는 걸까

손과 손 사이 허공은 멀고
손가락과 손가락 사이 난간은 아득해서

어떤 이는 태평양을 기억 없는 눈물이라 했고 어떤 이는
이 세상을 기약 없는 계절이라 했다
　빈 손바닥에 파인 길을 누군가 건너고 있다
　기억의 기약 없이 노래하고 있다

　부르다 멈출 시 한 소절이 내 삶의 전부일까
　끊긴 통화 이후에도 남아 있는 핸드폰의 온기가
　돌아보면 아직 흔들리는 그네의 끄덕임이
　한 계절을 나뒹굴던 흔적의 전부일까
　바람이 지나간 후에야 날아오르는 부박한 것이
　대빗 자국의 슬픔 혹은 망각이었을까

　정원사가 낙엽 포대를 멘 채 걸어가고 있다
　새들이 손 밖의 이름을 부르고 있다

검은 풍선

마늘밭에 오만 원권 수백억을 묻고 잠시 감옥에 들어갔던
도박 사이트 운영자와
텃밭에 자동차를 묻고 도난신고 후 보험금을 챙겼던 보
험 사기꾼과
둔덕에 구제역 돼지 수백 마리를 산 채로 묻고 눈물을 삼
켰던 돼지농장 주인과
갈대밭에 임금님 귀는 당나귀 귀를 묻고 비로소 잠에 들
었던 이발사와
야산 중턱에 아버지를 묻고 뿔뿔이 집으로 흩어졌던 육
남매가 있었다

묻어버려 묻어버려 풍선처럼 부풀어가는

오만 원권 다발을 파내 쓰다 뒤탈이 겁나 마늘밭을 통째로
신고해버린 처남을 가진 도박 사이트 운영자와
불도저로 텃밭에서 자동차를 파내 고물상에 되팔다 걸린
보험 사기꾼과
매몰지에서 솟아오르는 침출수에 석횟가루를 뿌리며 지
옥도를 떠올리는 농장 주인과
바람이 불면 갈대밭에서 들려오는 임금님 귀는 당나귀 귀
에 두 귀를 틀어막는 이발사와
봄이 오면 무덤가를 물들이는 산철쭉 꽃을 맞으러 소풍가
는 육남매가 있었다

찔린 풍선처럼 날개를 털게 될
입술 묶인 지구는 이제 터질 일만 남았다

네 아침에서 내 밤까지

북극성에서 북두칠성까지
남극바다표범이 송곳니로 뚫는 얼음바다 숨구멍이

장미의 잠에서 벌의 불침번까지
솜사탕에 혀가 닿기 직전의 축축한 허공이

주홍빛 죄에서 첫눈 같은 용서까지
밀물과 썰물이 시소처럼 사랑한 달이, 있었다

블루가 없으면 레드를 칠하는 화가에게
없다는 있다를 뛰어넘는 뜨거운 잉여다

사는 것에서 살고 있다고 믿는 것까지
제 눈으로는 볼 수 없는 제 날갯죽지가

나에 대한 도망에서 나를 향한 도취까지
누구에겐 우습고 누구에겐 무서운 허수아비가, 있었다

보란듯이, 물 반 얼음 반의 지평선을
길고양이 한 마리가 가뿐히 횡단중이다, 금세 없다!

푹

오래 설레고
오래 울렁였으니
깃든 것들은 들키기 마련
눈빛이 푹 휘어지고
한숨이 푹 터져나고
심장이 푹 꺼지고

오래 품고
오래 어루만졌으니
깊은 것들도 들키기 마련
무릎이 푹 튀어나오고
팔꿈치가 푹 늘어나고
엉덩이가 푹 해지고

한풀 푹 꺾여
한 시절 푹 삶아져
신축성 없어 숨길 수도 없는
싼 티가 났어도 좋았던

푹 빠졌던 자리마다
푹 파인

앙코르 호텔

기진맥진한 아열대 소나기였어
일만 삼천 상공에서 달려와
일만 삼천 호수에서 술렁이는 소란한 낙루였어
서로의 발자국을 살피는 이별의 척후였어

네 손에 내 손을 포개면 쓰라렸어
맹렬히 파고드는 스펑나무 뿌리처럼
한 꼬리에 달린 열 개의 뱀머리처럼
열 손가락을 곤추세워 붙잡고 싶었으나
등을 돌리고 우는 널 보았어

뒤돌아본 소금 기둥이 탑이 되는 거래, 그건 아마 네 몸?
뒤돌아 삼킨 말이 오래 묵으면 허물어진 돌무더기가 되는
거래, 그건 어쩌면 내 맘?
열 머리 한 꼬리 뱀아 같이 갈래?

천년 묵은 돌의 심장에 입술을 대면
일만 삼천 상공에서 맺힌 구름이
일만 삼천 창공의 고드름으로 맺혔어
계단처럼 길게 녹아내릴 시간의 바늘이었어
지평선이 삼킨 허물어진 소금 기둥이었어

나 다 내려놓았으니 한 꼬리 뱀아

네가 다시 올래?

세 권의 미래

허름할수록 늠름한 책. 내 청춘의 도서관에서 빌려 읽은 책. 책 꽂이 가장 좋은 위치에 나란히 꽂혀 있는 책.

1985년의 『바슐라르 硏究』(곽광수 · 김현, 민음사, 1976 : 840.9)

반납하려는 순간 꼭 갖고 싶어졌던 책. 절판되었다는 말이 거듭될수록 꼭 가져야만 했던 책. 신촌 일대 서점을 돌다 '알서점'을 나왔을 때 한 남자를 내 뒤에 세워두게 했던 책. 담배 한 대 필 시간만 내달라는 한 남자의 손가락이 2층 커피숍을 가리키게 했던 책.

한 남자가 얘기했다. 가난한 남자가 부잣집 여자를 짝사랑했다. 신분이 달라 만날 수조차 없었다. 천우신조로 여자와 맞닥뜨린 남자, 담배 한 대 필 시간만 내달라 했다. 담배 한 대가 타들어가는 시간은 너무 짧았고 여자는 떠났다. 기다란 담배를 만들어 부자가 된 남자가 여자를 다시 찾았으나 여자는 문둥병에 걸려 있었다.

한 남자가 얘기를 마치고 담배에 불을 붙였다. 담배 한 대가 다 타들어갈 때까지 기다린 나, "담배 한 대 다 피우셨죠?"라는 말을 남기고 커피숍을 나왔다. 버스 정거장에서 그 남자 소리쳤다. "월요일 오후 5시, 이대 앞 파리다방에서 기다리겠습니다, 올 때까지!"

그때 그 바슐라르 硏究 못 샀더라면 월요일 오후 5시 이

대 앞 파리다방에 나갔을지 모를 일. 그날 파리다방 아닌
도서관에서 바슐라르 硏究에 그리 빠져 있지 않았더라면!

1990년의 『山海經』(정재서 역, 민음사, 1985 : 915.2)

도서관에서 선 채로 몇 장을 넘기다 입이 딱 벌어졌던
책. 황당무계의 뻥과 구라에 침을 꼴깍 삼켰던 책. 헌책조
차 구할 수 없던 책. 딱 훔치고만 싶었던 책. 역자가 다름
아닌 나 다니던 대학의 교수였던 책. 이틀을 망설이다 역
자 연구실로 전화했으나 여분은 없고 개정판 낼 계획만 있
다던 책.

자신의 역서를 열렬히 되짚어온 제자뻘 초짜 시인이 가상
키도 했을 것이다. 국수 전골 사주며 밑그림중이던 '우리 시
에 미친 山海經'에 대해 탐문하셨던가? 식은땀 흘리며 황지
우 시인의 山海經 신작 시들을 주워댔겠으나 그 역자, 황시
인과 동기 동창이었으니 하나마나했던 얘기! 지금 그 국숫
집 없다. 여차여차 구한 초판본 山海經, '중앙일보·동양방
송 조사자료실'에 꽂혀 있던 '일련번호 41898'이다.

한데 그때 그 역자 노총각 교수였다는 것 나만 몰랐다. 몇
해 뒤 나 결혼할 즈음 결혼해 나 첫딸 낳을 즈음 첫딸 낳았다
는 것도 나만 몰랐으니, 나 山海經 헛 읽은 셈이다!

— 1992년의 『封印된 時間—영화예술의 미학과 시학』(안드레이 타르코프스키, 김창우 역, 분도, 1991 : 검색 결과가 없습니다)

　쿤데라 카프카 루카치 하우저 본느프와 네루다 끝에 타르코프스키를 등재하게 했던 책. 동숭동 문예회관 뒤편 2층이었던가. 기독교 전문서점까지 찾아가 기어코 사고야 말았던 책.
　근처 커피숍에 들어갔을 때, 커피 한 잔을 시켜놓고 책을 읽고 있던 그때 그 남자. 수사가 될 신학도여야 마땅했다. 기독교 서점 근처였고 그 남자 읽던 책 '성 프란치스꼬'였고 파리한 얼굴에 흰 목폴라가 눈부셨으니.
　내 封印된 時間 너머로 힐끗힐끗 그 남자를 다 훔쳐 읽은 후 계산하려는 데, 없었다. 서점에서 있었던 지갑, 커피숍에서 없었다. 우왕좌왕의 내 커피값까지 계산해주었던 그 남자, 커피값을 대신해 封印된 時間을 건넬 때 차마 연락처는 못 건넸다. 책값이 커피값을 초과했고 나 이미 애인도 있었으니.
　연필로 북북 밑줄 치며 읽고 지우개로 박박 지워 반납했던 책, 지금은 검색되지 않는다. 누가 훔쳐갔을까? 난 아니다! 내 책꽂이에 꽂힌 책은 그때 그 남자가 종신서원할 때 헌책방에 팔았던, 연락처 대신 건넸던 내 封印된 時間이다, 틀림없다!

사라가 찰스를 떠날 때

왜냐고 묻지 마
말할 수 있다면 떠나는 게 아냐
수수께끼였어 파도가 삼켜버린 화석이었어 파도를 꿈꾸
던 사라가 바다 화석을 줍던 찰스보다 더 높이 솟았던 거야
수평선을 넘었던 거야
　바람의 적막한 공전이었어 해안선을 부수고 또 부수는 사
라가 해안선을 가두고 또 가두는 찰스와 입맞출 수 있을까
아직 없는 사라가 이미 없는 찰스의 시간을 훔칠 수 있을까

　사랑은 기면일까 기상일까
　말할 수 없는 건 말하지 마
　바람이 남기고 간 신열이었어 한 울음이 한 울음을 비껴
가는 소리라고나 할까 세상이 조금 기울었던 거야 한 계절
이 한 계절에 쏟아졌고 한 인과율이 한 인과율을 덮쳤던 거
야 위반이란 속도의 차이야
　고슴도치 같은 고독 때문이었다고, 서로의 곁에 서로를
결빙시켜놓기 위해서였다고, 사랑이라는 허구의 우화를 완
성하기 위해서였다고도 말할 수 없어

　그러니 묻지 마 찰스가 사라를 왜 떠났는지

으름이 풍년

쩍 벌어진 으름 씨는 새가 먹고
굴러떨어진 헛이름은 개가 먹고
갓 벌어진 주름은 내가 먹고

군침 흘리던
해어름 먹구름은
나와 개와 새를 으르며
붉으락 붉으락 으름장을 펼쳐놓고

아뿔싸 입에 쩍쩍 들러붙는
가을 게으름이라니!

음 물큰한 처음
졸음처럼 들척지근한 죽음
음음 잘 익은 울음

오랜 으름 다 먹었다

춘분 지나

고삐 풀린 망아지가 달려간다 너도 달려간다

내 가슴을 빠져나와 달려가는 바보야, 처음 바다로 돌아
가는 강을 보렴, 도망 나온 강으로 돌아가는 바다의 연어
를 보렴,

박차고 달려가기만 하는 철부지야, 아침해는 하루도 빠짐
없이 잠망경처럼 불쑥불쑥 떠오르잖니, 내닫던 뿌리도 잠시
멈춰 씨앗을 위해 풋꽃대를 밀고 또 밀고 있잖니,

달리는 강물을 다독이며 물비늘을 일구는 바람을 보렴,
널 부르는 내 목소리를 들으렴, 날 이기고도 넌 울며 달려가
고, 네게 지고도 난 이렇게 웃고 서 있잖니, 사랑이라잖니,

바짝바짝 한낮은 뜨거워질 텐데, 아서라, 봄 사자 코털을
건드려놓고 내달리기만 하는 널 어쩐다니, 도무지!

라라

라라가 머리를 헤쳐 풀고 달려간다
　엄마가 달려가고 선생님이 달려가고
　　의사가 달려가고 하느님이 달려가고

혼자였구나 함께 가지 않을래?
　　　　　　　　엄마 마왕이 속삭여요 웨하스 보이스예요
알파벳 노래란다 다시 들어보렴

내 피리 소리를 들어봐 라라 춤추지 않을래?
　　　　　　　　　마왕의 노래가 내 발목을 휘감아요
그건 끝없는 원주율이야 빨리 달려가자

칸칸이 열어젖힌 라라의 서랍들
밀랍 냄새 휘날리는 라라의 붉은 피

내 품에 안겨봐 다른 꿈을 보여줄게 라라 라라!
　　　　　선생님 보이지 않으세요? 마왕의 저 붉은 입술이
라라 호밀밭의 파수꾼이야 빨강 모자를 벗으렴

네 영혼을 쉬게 해줄게, 내 집에 머물다 가렴!
　　　　　　　　마왕의 마법이 내 겨드랑이에 들었어요
라라 그건 비행운이란다 금세 사라질 거야

생꽃 타는 하늘 아래 라라
양초처럼 녹아내리는 라라 라라

라라가 연분홍 위생복을 입고 달려간다
　학원버스가 달려가고 오토바이가 달려가고
　　경찰차가 달려가고 앰뷸런스가 달려가고

엄마는 한밤중

　　　　　　　　　　　한 병만 더 한 개비만 더
　　　　　　　　오늘 저녁엔 집에 들어가지 않을 거야

벗겨진 바나나 껍질 위에서 춤을 추려고?
깨진 참외에서 쏟아진 참외 씨를 담으려구?
넌 늦었어 널 위한 무대는 없어 이번 생엔
깊고 푸른 밤마저 널 잊은 지 오래
아직도 아름다운 시를 낳고 싶은 거야?

　　　　　　　　　　천상천하의 눈썹, 끝 모를 눈그늘,
　　　　　　　　세상에서 가장 큰 내 날개를 봐줘

네 머리카락은 길고 네 하루는 짧아
뱃속엔 쓰다 버린 건전지, 일회용 라이터, 플라스틱 플라
워, 부서진 스티로폼으로 꽉 찼어
분리수거를 잊으면 안 돼 엄마라니까 넌
말려야 할 빨래를 위해 두 손을 들어!
네 뒷덜미가 집게에 집혀 있다면
네 몸을 부려야 할 곳은 줄 혹은 허공?

　　　　　　　　　　펭귄 한 마리 물개 두 마리,
　　　　　　　　내가 부르는 빙하의 노래를 좀 들어봐

모르스 타전처럼 쉴새없는 네 입술은
구름의 귓불을 적시는 노을이야 네온사인이야?
모퉁이를 서성이는 바람든 봉지처럼 엄마 넌
부러진 가지에 매달려 허덕이는 쪽빛 비단 천이야?
쓰러질 때까지 돌고 도는 회오리 춤이야?

배달의 고수

100달러 50달러짜리 지폐를 다 내놔라
영웅이 될 생각은 말아라

한 남자가 은행 출납 창구 직원에게 꽃다발과 함께 건넨 카드에 쓰여 있던 말이다 52만 원쯤(440달러였다지)을 건네받은 후 유유히 은행을 떠났다

가족과 애인에게 사랑한다는 말을 전해달라
그리고 미안하다

한 남자가 체포되면서 한 말이다 체포 직전까지 꽃집의 일용 배달원이었던 그는 여러 차례 여러 은행의 출납 창구 직원에게 꽃을 배달하고 배달료를 징수해갔으나 단 한 번도 흉기를 이용하지 않았고 단 한 사람도 해치지 않았다

꽃으로 은행을 털다니!
(저작권 등록이 필요해)

복면이나 총 칼 폭탄 대신
국화 데이지 글라디올러스로 무장한
전대미문의 꽃배달 고수에게 지급된 배달료가

고작 52만 원이라니!

(베를린 필 관람료가 45만원이었다지)

놓아라! 지구

악어 아가리에 머리를 물린 채
악어 아가리 안에서 껌벅이는 어린 원숭이의 두 눈
악어 아가리 밖에서 허우적대는 어린 원숭이의 두 손

밤새 무얼 그리 앙당 물었을까
아침에 일어나니 어금니가 시큰하다
이빨 물고 무슨 악다구니였을까 귀밑까지 먹먹하다

꿈속에서도 놓지 못했던
그런 아침을 여는 천장은 젠장이고
그런 천장을 바라보는 눈길은 제길이다

월요일의 아가리에 머리가 물린 채
가가호호 입출구에서 허우적대는 두 팔
유유상종 의자 밑에서 허둥대는 두 다리

동백 깊다

동박새 한 마리 날아들지 않았다면
벌 나비 없는 계절을 저리 붉게 꽃피웠을 리 없다

뜨거운 꽃술 피워올리지 않았다면
겨울나무에 깃든 동박새 노래가 저리 환했을 리 없다

새의 영혼은 높고 꽃의 영혼은 낮은 것
하늘은 날고 중력은 지는 것

동박새 한 자리 날아가버리지 않았다면
시들지 않은 한 품 겹꽃이 저리 뚝 져버렸을 리도 없다

눈에 묻혀 언 것들은 그때 그대로 선명하다
날아갔으니 진 자리부터 겨울눈이 녹을 것이다

4부

기타 등등

사춘(思春)

말랑말랑한 곳에 털이 날 무렵
달리는 발바닥에 잔뿌리가 내릴 무렵
손거울에 돋는 꽃눈을 세다 풋잠에 들 무렵

뒷다리 떨며 뒷담을 기웃댈 무렵
꽃술에 노래를 꽂고 밥상에 앉을 무렵
때묻은 풍선껌을 터뜨리다 토막잠에 들 무렵

날갯죽지에 바람이 들 무렵
창궐하는 것들과 한패가 될 무렵
부푸는 덤불숲을 헤치다 등걸잠에 빠져들 무렵

사로잡힌 일진(一陣)의 첫 봉오리들

삼대

못할 게 없는 사람일수록 가진 것도 많고 줄 것도 많거늘
나는 늘 가진 것도 없고 줄 것도 없는
못할 게 많은 사람들에게 곁을 내주곤 했다
남편은 못할 게 많은 사람이다

처자식의 이름 앞에서 아버지는 못할 게 없는 사람이었다
반면교사라 했던가, 못할 게 없는 아버지 그늘에서 나는
못할 게 많은 사람으로 자라
유유상종했던가, 못할 게 많은 남자와 살며 자꾸만 못할
게 없는 사람이 되어간다
그걸 부전여전이라 해야 하나

못할 게 많은 남편의 그늘에서 자란 딸은
하고 싶은 게 많은 모양이다
하고 싶은 게 많은 딸이 못할 게 없는 남자를 만나 못할 게
많은 사람이 된다면
근묵자흑의 부전여전이라 해야 하나
못할 게 많은 남자를 만나 못할 게 없는 사람이 된다면
어쩌나 그건, 상극즉통의 모전여전이라 해야 하나

각을 세우다

수요일 오후 세시, 너는 실행중이다

실행 버튼을 누르자 펼쳐지는 모니터의 풍경들
스트리밍중인 구름의 테두리가 흐릿하다
초점을 맞추지 않아 인력이 약해지는
네가 너로부터 가장 멀어지는 시간이다

아침엔 사춘기 딸의 구름을 터뜨리고 말았다
어제의 구름이 내일의 구름에 손을 대다니!

신념이 너를 편협한 사람으로 만들었고
의리가 너를 비주류로 떠돌게 했으나, 오후 세시
금융사의 문을 열 때마다 네 집의 문이 늘어났으며
문고리를 잡을 때마다 아귀의 힘은 강해졌다

세시의 구름을 휴지통에 던진다, "정말 삭제하시겠습니
까?"

통인 듯 꿀통인 듯, 홀인 듯 맨홀인 듯
벌리고 있는 것들이란 대체로 가엾고 가엾다
비어 있고 뚫려 있는 그 몸통이 악의 축이다
튕겨나가든 뱅그르르 돌든 쑥 통과하든
뭉게구름을 피워내는 그 입들이 네 삶의 축이다

두 팔 벌려 매달리셨던 예수의 성금요일이 이틀 남았다
자본론 대신 자본을, 선동 대신 선거를 믿게 된 너의 마
지막 믿음이다
수고하고 짐 진 자들과 돌 든 자들마저 다 품어주셨던
예수의 두 팔이야말로 가장 큰 통이자 홀이다

북아메리카 어느 부족에게는 거짓말이라는 말이 없고
어느 사막 민족에게는 낙타와 관련해 무려 육천 개의 말
이 있듯이
너에게도 있고 없는 말들이 있다
수요일 오후 세시는 네 사전의 말들만큼 존재한다
네가 상투적이고 네 입이 벌어져 있는 이유다
네 자신을 위해 아직 인출하지 못한 밤의 말들이 아침이
면 구름으로 피어날 것이다

"집어쳐 졸속의 족속들아 조루의 존속들아"

누굴 향한 취사였을까 새벽의 목소리가 잊혀져가는 오후
세시의 휴게실에서
늙을지언정 지치지 않기 위해 때늦은 짬뽕을 입에 넣는다

휘발성 인화 냄새가 밴 신문지를 깔고 둘러앉았던 네 친구

들은 '우리'가 우리를 바꿀 수 있다고 믿었다

전쟁 세대에게선 재의 냄새가 났다 '내가'로 시작되는 아버지들의 생존사는 청문회에서 검증중이다

'그들'을 즐겨쓰는 88세대는 회식자리에서도 네게 말을 걸지 않는다 네 아들처럼 네게서 양파 냄새를 맡고 갈 뿐

안식일이면 야곱의 사다리를 믿는 너는

예배에 나가 두 팔 벌려 한 주의 비린내를 페브리즈하고

아메리카 커피를 마시며 스크린 골프 스코어를 늘리다

노모와 자식들에게 소고기를 사먹이며 저녁의 벌린 입을 채울 것이다

곧 네시가 되면 나로호 3호가 또 은하에 던져질 것이다

중력을 역행하는 일에는 대가와 비용이 필요한 법

인생은 평범하다 네가 부르튼 구름을 바라보는 힘이다

쓰러질지언정 결코 지치지 않는

짠하거나 빤한

수요일 오후 세시, 각을 세운 네 무릎의 힘이다

한밤의 칸타타

새가 가지에 앉아
날개를 잎새와 바꿉니다

　　　　　　팔을 베고 잠이 들었습니다
　　　　　　　날개가 다리를 만듭니다

　　　가지에 앉은 동안만이 서로입니다

가지가 말문을 열어
잎새를 입술과 바꿉니다

　　　　　　잎눈을 불다 잠이 들었습니다
　　　　　　　혀가 허공에 음표를 만듭니다

　　　바람에 가까울수록 노래가 높습니다

깃털이 잎새처럼 떨어져
음표가 오선지를 벗어납니다

　　　　　　머무는 동안 잠이 들었습니다
　　　　　　　나뭇가지에 남은 사랑입니다

　　　가지가 다른 새를 기다리는 아침입니다

울어라 기타야

기타 등등 잔혹사의 일획은 기타였다 나팔바지 나풀대는 왼다리는 허크 허크 버닝 러브, 뽕 든 어깨에 기타를 메고 명동과 충무로를 주름잡던 경찰행정학과 신입생 큰오빠를 한발 늦게 장충경찰서에서 체포했던 그날 아버지의 주산 암산 부기가 큰오빠의 기타 부기를 향해 날았다 목이 부러지고 첫 줄이 끊기며 높게 울었다 기타야 네 목은 어찌 그리 약하니? 에헤헤 에헤헤 종로학원과 고시촌을 떠돌던 세 오빠들이 가진 것은 없어라 깁스한 기타 하나 토큰 몇 닢뿐, 한밤의 언니 기타는 아름답고 철모르던 센티멘털 쟈니 기타, 신촌 굴다리 옆 타는 목마름에서 울던 내 기타마저 등짝이 뚫리며 마지막 줄을 길게 울었다 기타야 네 등가죽은 어찌 그리 얇으니?

생각해보면, 우리들 기타 등등을 향해 날렸던
아버지 주먹이 거둔 비과세 기타소득은 무엇이었을까
아버지는 기타는 커니와 노래 한 곡 부르지 않고 돌아가
셨다

오빠들도 이제는 기타 한 줄 뜯지 않는다
딸이 두드리는 드럼 등등에 불끈 주먹을 들어올린 지 나
도 오래

강원도에 눈물

십일월의 자작나무 이파리들
바람도 없이 나부끼다니!

새파란 하늘에
눈부신 슬픔이 나부낄 때는
뛰어내리지 마라, 아직은
흰 뼈를 드러낼 때가 아니다

35번 국도 태백 가는 삼수령 길
글썽글썽 뒤척이는
수수 만 잎의 황금 비늘
쏴아— 쏟아지기 직전의

세상에, 잠깐만요
내가 먼저 내려놓을게요
십일월이 먼저 잊기 전에

사라진 이파리들!
잘 마른 정강이뼈 냄새가 났다

세계의 카트

　서민아파트 5층에서 내려다본 서울은 석유 냄새 가득했어 속눈썹을 치켜세워 밤하늘을 쳐다볼 때면 돌아가고 싶었어 달무리야 달무리야 불러대던 옛집에 닿고 싶었어 닻줄 같은 탯줄을 따라

> *ET 카트에 담으시겠습니까?*

　너를 생각하는 낮은 길고 밤은 짧았어 매일의 악몽이 급행으로 치달을 때면 내처 낡은 철벽들을 향해 내달리고 싶었어 세상 너라는 절벽을 향해 돌진하고 싶었어 궤도 없는 청춘열차처럼 막무가내로

> *Harry Potter 카트를 끌고 달리지 마십시오!*

　밥줄과 핏줄 앞에서 자주 깜깜했어 시시각각 내몰렸으나 어디를 가야 할지 몰랐어 방전된 랜턴을 품에 안고 그림자 되어 잠들다 깨어난 아침이면 달려가고 싶었어 귤꽃 향기 물마루처럼 덮쳐오는 남쪽 끝 서귀포 물가로

> *The Road 카트는 여기까지 사용해주시기 바랍니다.*

　카트에 담겨 세계를 도망중이야 과속이 빼먹고 버린 비닐봉지 깡통 박스들과 뒤섞여 끽끽 신음 소리를 내며 서바이

벌중이야 가까스로의 카트라이더인 나는

와우(蝸牛)

말아들였다 내뽑았다 바닥에서 바닥으로 제 몸을 밀고 간다

와우! 전신이 신이다 가락은 간절한 바닥에서 배어나는 법

기어이 마포대교 난간에 선 한 사람, 전신이 물너울이다!

강의 목덜미를 적시는 우여곡절은 이 땅에 붙어살게 하
는 끈끈 아교

그러니 울게 해주세요 슬픔의 수위가 낮아지도록 느릿느
릿 난간을 적시도록

가락을 잃지 않는 한 칼날마저도 타넘는다 와우! 직각의
난간에 들러붙어

몽상의 시학

침은 밥에서 나온 물
꿈은 침에서 나온 불
숨은 꿈에서 나온 바람
살은 숨에서 나온 흙

헛바퀴를 덜컹거리는 꿈아 너는
흙으로부터 멀어졌구나
무릎이 깨지겠구나
살에서 자란 터럭을 붙잡고 있는
땀아 너도 외마디구나

몸은 잠에서 나온 물
혀는 몸에서 나온 불
말은 혀에서 나온 바람
뼈는 말에서 나온 흙

침에 젖은 새빨간 혀야 너는
젖은 가락을 가졌구나
불같은 도끼날을 가졌구나
뼈와 함께 흙으로 덮일 피야
아직 뜨겁니? 술처럼

사과나무 카트

태초에 말씀이 있었으니
종말에는 카트가 있을 거예요

그러니, 아빠, 아빠가아빠라면내게카트를주세요!
넘어지지 않는 카트를
세상에서 제일 크고 튼튼한 카트를

카트는 병원에도 쇼핑몰에도 있고
도서실에도 노숙의 거리에도 있고
카트에서 자라 카트에서 늙고 있으니

카트는, 타고 가는 길이야?
밀고 다니는 길이야?
강시처럼 끌려가는 길이야?

채울 수 있고 끌고 갈 수만 있다면
마지막 한 캔의 사과주스를 따야 할 날이 오면 나는
빈 카트를 타고 지구를 떠날 거예요

그러니, 아빠, 아빠가아빠라면내게카트를주세요!
사과주스 가득한 화수분을 주세요
내일 지구에 종말이 온다면요

새들은 새 획을 그으며

장폐색의 길에서 새 난다
나아갈 수도 돌아올 수도
없는 길에서 새가 난다
막힌 길 끝에서 날개를 턴다

두 홉들이 빈 소주병으로 채운
한평생의 푸른 하늘을 떠메고
취생몽사 학수고대의 끈들 죄다 끊고
난닝구 바람의 구름 너머로 새 되어 난다

일생을 구부정히 꺾여 있던 당신의 뒷목
날갯죽지 돋우고 정수리 쭉 내민 채
새가 되어 난다 이제야

육탈한 정강이뼈처럼 서 있는
홍천(洪川) 어디쯤의
자작나무 너머로 새 획을 그으며 난다
새소리가 희다

발

내가 맨발이었을 때 사람들은 내 부르튼 발아래 쐐기풀을 깔아놓고 손가락 휘슬을 불며 외쳤다

춤을 춰, 노랠 불러, 네 긴 밤을 보여줘!

봄엔 너도 피었고 나도 피었으나 서로에게 열리지 않았다 나는 너의 춤과 노래가 되지 못했고 너는 투덜대며 술과 공을 찾아 떠났다

가을에도 우리는 쌓이지 않았다

가까이 온 발자국은 너무 크거나 무거웠으며 멀리 간 발자국은 흐리거나 금세 흩어졌다

헤이, 춤을 춰, 네 흰 발을 보여줘! 여름내 우는 발은 지린 눈물 냄새를 피웠고 겨우내 우는 발은 빨갛게 얼음이 박혔다

중력에 맞서면서부터 눈물을 흘렸으리라

두 발이 춤 아닌 날갯짓을 했을 때 보았을까 발아래가 인력의 나락이었고 애초에 두 발이 없었다는 걸

너를 탓할 수 없다 따로 울지 않으려 늘 우는 발을 탓할 수
도 없다 대개가 착시였고 대가였다

바닥의 총합이 눈물의 총량이었다

투신천국

재벌 3세가 뛰어내렸다는 신문기사를 읽고 출근한 아침
그날 하루 부산에서만 십대 세 명이 뛰어내렸다는 인터넷
오후 뉴스를 보다가
이런, 한강에 뛰어내렸다는 제자의 부음 전화를 받고
저녁 강변북로를 타고 순천향병원에 문상 간다

동작대교 난간에 안경과 휴대폰을 놓고 뛰어내린 지
나흘이 지나서야 양화대교 근처에서 발견되었다며
세 달 전 뛰어내린 애인 곁으로 간다는 유서를 남겼다며
내 손을 놓지 못한 채 잘못 키웠다며 면목없다며
그을린 채 상경한 고흥 어미의 흥건했던 손아귀

학비 벌랴 군대 마치랴 십 년 동안 대학을 서성였던
동아리방에서 맨발로 먹고 자는 날이 다반사였던
졸업 전날 찹쌀콩떡을 사들고 책거리 인사를 왔던
임시취업비자로 일본 호주 등지를 떠돌다 귀국해
뭐든 해보겠다며 활짝 웃으며 예비 신고식을 했던

악 소리도 없이 별똥별처럼 뛰어내린 너는
그날그날을 투신하며 살았던 거지?
발끝에 절벽을 매단 채 살았던 너는
투신할 데가 투신한 애인밖에 없었던 거지?

100

붉은 손목을 놓아주지 않던 물먹은 시곗줄과
어둔 강물 어디쯤에서 발을 잃어버린 신발과
새벽 난간 위에 마지막 한숨을 남겼던 너는

뛰어내리는 삶이
뛰어내리는 사랑만이 유일했던 거지?

원룸

"이 지구와 연을 맺고 내 할 일 다한 듯하여 이제
구름이 되어볼까 바람을 타볼까……"*

죽은 지 다섯 달이 지나서야 발견되었다
오래된 재래시장 안 다세대 공동화장실 건너편
일층 맨 구석 네 평짜리 원룸에서였다
먹다 남긴 치킨 두 조각과 일곱 달 전 새벽에 쓴 유서와 노
잣돈으로 찾아놓은 238만 원이 그의 주검을 지켰다

"그냥 무한 속으로 가보련다 떠난 뒤
내가 소유한 모든 것은……"

초등학교를 마치고 양복점에 취직했다
십 년 잔심부름 끝 이십대 중반에서야 초크를 잡았다
재단사가 되어 독립했다 결혼해 딸도 낳았다
영어와 한자를 독학했고 책도 열심히 읽었다
직원 서넛을 둔 맞춤의류공장은 순탄했다
IMF가 왔다 부도가 났다 아내와 딸이 떠났다
혼자가 되어서도 시다잡일을 찾아다녔다
한 철에 한 번 연락하는 형 하나가
육십 평생 동안 남긴 유일한 친지였다

"더 잘해주지 못해 안타깝다……"

방문이자 현관문인 철문 하나만 열면
변기물을 내리는 쉼 없는 손들이 있었고
가스계량기에는 사용금지 딱지가 2개월째 붙어 있었건만
방이자 관이었던 건물 하나만 돌아나가면 매일
새벽부터 문을 여는 떡집과 김밥집과
새벽까지 문을 여는 횟집이 있었건만
벽이자 절벽이었던 길 하나만 건너면 매일매일
치킨집 아줌마가 생닭을 치며 오가는 이웃들과 수다와 수
작을 주고받고 있었건만

* 한국일보 2012년 7월 8일자에 실린 "외딴 방—한 고독한 이별의
자리"에서 따온 유서의 일부분.

꽃들의 나발

동네방네
낙하산처럼 부푸는
저 저 꽃들의 웃음소리는

지난겨울 오소리가 멱을 낚아챘던
닭 목의 벌떡임부터
덜컥 덫에 걸려 죽은 오소리 발목의 비명까지
땅에 묻힌
살들의 중음탄식

빈 내장을 말린다
뿔이나 껍질 속 바람을 내보낸다
부풀어오르는 구음들,
살가죽을 늘린다
정강이뼈를 뚫어 바람을 불어넣는다

발목에서부터 정수리까지
북받쳐오르는
물관악기들의 한바탕 취주

꽃대 꺾인
기억의 소실점에서
꽃들의 손톱발톱 머리카락 자라는 소리

환지통처럼 저릿한

늦봄 한철의 범음범패

노을

사랑이여 너도 쉰 소리를 내는구나

몸속 어디에 말 못 할 화농을 키웠던 걸까

쩔쩔 끓는다,

심장을 꺼내 발로 차면 바다에 빠질 듯

천지간 병 되어 흥건타

그러니까 이건 너무 오래된 사랑 이야기

진은영(시인)

그러니까 이건 너무 오래된 이야기. 스무 살이 되기도 전에 나는 그녀를 만났다. 그때 나는 부러진 뿔테 안경다리를 흰 반창고로 감고 다녔다. 사촌오빠가 물려준 잠바를 입고 있었다. 모래와 시멘트 부스러기가 흘러내릴 것 같은 카키색 잠바였다. "꼭 무장공비 같아. 그 점퍼 좀 벗으면 안 되겠니?" 대학에서 첫겨울을 함께 보낸 친구들이 소리를 질러댔다.

　과 선배가 '다락방'이라는 학교 앞 서점에서 생일 선물로 사준 시집을 옆구리에 끼고 문학회에 갔다. 그 서클에서 유일한 등단 시인이었던 한 선배의 이야기를 자주 들었다. 소문 속의 그녀는 무서운 사람. 가늘고 흰 손가락에 담배를 들고 서클룸의 긴 나무의자에 누워 후배들의 시를 읽기 시작한다는 것이다. 천천히 시를 읽고는 시가 적힌 종이를 찢어 공중에 날렸다는 둥. 이런 걸 시라고 쓴 거니? 냉소적인 얼굴로 내뱉은 한마디에 시를 써온 사람이 울부짖었다는 둥. 우리 1학년들은 무시무시한 그녀가 졸업을 했다는 사실에 안도했다. 합평회에서 그녀를 만나지 않아도 돼서 참 다행이라고 생각했다.

　그렇지만 그녀를 완전히 피할 수 있는 건 아니었다. 대학원에 다니던 그녀는 축제 기간 동안 시화전이 열릴 때면 후배들의 시를 읽으러 꼬박꼬박 방문했다. 건조한 얼굴로 시에 대해 독설을 퍼부을 것이라는 생각에 그 선배가 두려웠다. 그러나 처음 본 그녀는 소문과 달리 무척 다정했다. 나비 날개처럼 하늘거리는 스커트를 멋지게 차려입고 시화 패널들 사이로 천천히 걸어다니는 모습이 하늘에 마지막 빛을 던지는 끝별이라는 이름처럼 예뻤다. 다음날 캠퍼스에서 만난 그녀는 웃으며 시화전에 걸린 내 시가 마음에 든다고 말해주었다.

그녀는 무슨 음모가 있는 사람처럼 내게 늘 상냥했다. 카키색 잠바를 입었다 벗으면 봄이 왔고 나는 시를 썼고 오솔길이나 도서관 로비에서 그녀와 마주쳤다. 우리는 일 분이나 삼 분쯤 시에 대해 이야기했고 서로 가던 길을 향해 바삐 걸어갔다. 우리는 그 시절 한 번도 같이 밥을 먹거나 차를 마신 적이 없다. 그녀의 말은 늘 간결했다. 그러나 모르는 곳에서 살아가기 위해 꼭 필요한 한마디였다. 나는 일 년에 단 두세 편의 시를 썼고 무척이나 긴장해서 캠퍼스를 돌아다녔다. 그러면 어디선가 그녀는 막 시의 나라에 급파된 내가 접선해야 할 노련한 공작원인 것처럼 나타나 몇 가지 시의 지령을 전하고는 사라졌다.

밤과 같은 사랑

정끝별 시인과 나는 오래 알고 지냈지만 같이 밥을 먹고 긴 대화를 나눈 횟수를 세면 열 손가락이 남아돈다. 물론 그녀는 내가 가장 애송이였던 시절을 알고, 나도 그녀가 가장 예뻤던 시절을 안다. 그러나 여전히 우리는 조금 만난 사이이고 소문 속의 그녀는 이제 시 속의 그녀가 되어 내 안으로 들어왔다. 시 속의 그녀는 나와는 매우 다른 사람. 나는 그녀를 그림처럼 물끄러미 본다. 거기에는 지독한 슬픔이 있다. 지독하다는 것은 깊다거나 많다는 것과는 다르다. 나는 슬픔이 뭔지 안다. 나는 늘 가족 중에 제일 먼저 죽을 사람처럼 슬퍼해왔다. 이봐, 나는 약골이야. 그러니 우리 중에 제일 먼저 죽게 될 거라구.

그러나 정끝별의 시에는 전혀 다른 것이 있다. 가족 중에서 제일 오래 살아남은 사람의 슬픔이다. 그런 사람은 어떤 사람인가? 죽어가는 놈 돌봐서 살리고, 그래도 죽는 놈은 깨끗이 씻기고 곱게 입혀서 제대로 묻어주고. 모든 흔적을 다 치우고 뒷정리 다해놓고 불 껐나 확인하고 세상의 마지막 문을 꼭 닫고 나갈 것 같은 사람. 그러니 참으로 지독한 사람이다. 깊은 슬픔을 가진 사람이 모든 슬픔을 다 아는 건 아니다. 그런데 지독한 사람은 슬픔의 별의별 꼴을 다 본다. 하지만 지독한 사람도 우아함을 사랑하고 우아함을 꿈꾼다.

소크라테스였던가 플라톤이었던가
비스듬히 머리 괴고 누워 포도알을 떼먹으며
누군가의 눈을 바라보며 몇 날 며칠 디스커션하는 거
내 꿈은 그런 향연이었어

110

누군가와는 짧게
누군가와는 오래

벌거벗고 누운 그랑 오달리스크처럼
공작새 깃털로 허벅지를 쓰다듬으며
살짝 돌아서 누군가의 손을 기다리는 팜므의 능선들
그 파탈의 능금을 깨물고 싶었어

누군가에게는 싸게
누군가에게는 비싸게

오 마리아의 팔에 안긴 지저스 크라이스트!
누군가의 품에 그렇게 길게 누워
나 다 탕진했노라 쭉 뻗은 채
이 기립된 생을 마감하고 싶었어

누군가는 하염없이 울고
누군가는 탄식조차 없고

—「기나긴 그믐」 부분

  그녀도 머리 괴고 포도알을 떼먹으며 누군가의 눈을 바
라보고 디스커션하는 향연을 꿈꿨단다. 벌거벗고 길게 누
워 파란 공작새 깃털로 간지르면 도발적으로 솟아오르는 진

111

홍 젖꼭지를 드러내고 싶었단다. 그러나 그것은 꿈일 뿐이고 그저 그러고 싶었던 일이고 그녀는 탕진한 생의 곁에서 수발을 들기 위해 서 있는 사람일 뿐이다. 갓 따온 포도를 씻고 흰 쟁반을 닦고 다른 사람이 누울 자리를 싹싹 걸레질하고. 우아하게, 치명적으로, 혹은 거룩하게 드러눕지 못하고, 순간순간 총총히 오가며 죽어갈 여유도 없고 죽을 짬도 못 내며 서 있는 한 사람을 나는 발견한다. 그래서 지독한 슬픔을 아는 그 사람은 도무지 우아함을 소유할 수가 없다.

검은 관 속에 누운 노스페라투 백작처럼
그날이 그날인 이 따위 불멸을 저주하며
첫닭이 울 때까지 아침빛에 스러질 때까지
내 사랑의 이빨을 누군가의 목에 꽂고 싶었어

누군가처럼 목욕탕에서 침대에서
누군가처럼 길바닥에서 관 속에서

다시 차오를 때까지

—「기나긴 그믐」 부분

그녀는 여인의 순결한 목덜미를 탐닉하느라 첫닭이 우는 것을 잊고 아침 햇빛에 사그라드는 흡혈귀 노스페라투처럼 되고 싶었다. 1922년 독일 무르나우 감독의 영화에서 흡혈귀 백작은 퇴치되지만, 「기나긴 그믐」에서 그는 자살하는 존재다. 베르너 헤어초크의 리메이크 영화에서 그가 중얼거리듯 "시간은 무수한 밤처럼 깊은 심연"이며 도무지 견딜 수 없는 것이기 때문이다. 그래서 그는 첫닭이 우는 시간이 다가오는 걸 느끼면서 사랑의 이빨을 거두지 않고 죽어간다. 시인 역시 그날이 그날인 불멸 따위는 단번에 폐기하고 목욕탕에서, 침대에서, 거리에서, 관 속에서 드러눕고 싶다. 사라지고 싶다. 드러눕고 사라져야 하는 이유는 명백하다. 그래야 우리는 안식을 할 수 있으니까. 우리는 다시 차오를 때까지 편히 쉬어야 한다. 그래서 그녀는 차오를 때까지 안식을 취했나? 평화로웠나? 시가 마지막까지 '싫었어'로 끝나니 그녀는 그러고 싶었을 뿐 차마 그러지 못했을 것이다. 그렇다면 이 시는 한 번도 차오르지 못한 그믐달 같은 사람의 기나긴 탄식인가?

그렇지 않다. 도처에서 분명 누군가가 기울고 사라졌다. 그리고 한참 뒤 그는 우아하게 다시 차올랐다. 그렇게 차오를 때까지 깜깜한 밤 속에 우리를 거두고 숨겨주는 기나긴 사랑이 있다. 그러니 이 사랑은 밤과 같은 사랑이다. 나는 이 시에서 탄식이 아니라 밤과 같은 자신의 고유한 사랑을 발견한 이의 경탄을 듣는다. "기우는 널 키우는 건 한밤!" 끝별은 「별」에서 그렇게 외친다. 자신의 기나긴 그믐이야말로 그녀가 진정으로 열렬히 희망하는 것이다. 시에 나열된

소망들의 비실현은 그녀의 가장 큰 소망을 실현하기 위한 길들에 불과하다.

밤의 가족들

오래 서서 버티는 사람은 어떤 식물을 닮았다. 므두셀라. 이 소나무는 백 년에 3센티미터만 자라면서 사천 년 이상을 산다. '므두셀라'라는 이름도 노아의 할아버지이며 969세까지 장수를 누렸다는 구약성서의 인물을 따라 지었다고 한다. 마른땅에 뿌리를 내리고 서서 긴 뙤약볕을 받아내며 자라는 므두셀라 소나무는 독야청청 곧게 기립하는 소나무가 아니다. 그것은 "뼈다귀 같은 흰 몸통을 뒤틀고" 서서 "뜨겁게 지켜낸 그믐꽃"처럼 자라는 나무다. 그 기립의 포즈는 피에타를 닮았다. 제 품에 누워 있는 자가 지닌 고통의 무게를 전부 껴안고서 서 있는 것인지 주저앉은 것인지 도통 알 수 없는, 생의 엉거주춤한 자세를 말이다. 이 견디기 힘든 자세를 취하고 "그렇게 천천히 살아내는/ 그렇게 천천히 죽어가는"(「죽음의 속도」) 속도를 유지하기로 그녀는 결심한다.

이것은 우리가 예술가의 결심이라고 상상할 만한 것과는 꽤나 거리가 먼 것이다. 천천히 죽어가는 것은 예술가들에게는 일종의 저주로 주어지기는 해도 그들이 스스로 결심할 만한 일이 못 된다. 오히려 그들은 이른 죽음을 기원하고

기도하는 족속이니. 가령 마리나 츠베타예바의 시를 보라.

　　모두 다 원한다구요, 집시의 혼을 품고
　　노랫소리 들으며 도둑질 떠나는 것,
　　오르간 소리 들으며 모두를 위해 괴로워하다
　　아마존처럼 전쟁터로 달려가는 것

　　새카만 탑에서 별자리를 읽는 것,
　　그림자 너머로 아이들을 데려가는 것…
　　모든 어제는 전설이 될 수 있게,
　　매일매일은 광란의 하루이게 말이에요!

　　십자가와 실크와 철모를 사랑해요
　　내 영혼은 순간들의 발자취일 뿐이지요……
　　동화보다도 아름다운 어린 시절을 제게 주셨잖아요
　　그러니 죽음을 주세요, 이 열일곱 살에!
　　　　　　　　　　　　　—마리나 츠베타예바, 「기도」[1] 부분

　열일곱에 죽음을 달라는 이 영혼이 어떻게 천천히 죽어가
려는 마음을 이해할 수 있겠나? 그러나 느린 죽음을 결심하
는 사람은 뱅 헤어스타일의 앞머리를 고수한 저 영원한 소

1) 김진영 편역, 『땅 위의 돌들』, 정우사, 1996, 154~155쪽.

녀 시인을 아주 잘 이해하고 있는 것 같다. 그 러시아 소녀는
느리게 죽어야만 하는 사람의 가족이기 때문이다.

> 못할 게 없는 사람일수록 가진 것도 많고 줄 것도 많거늘
> 나는 늘 가진 것도 없고 줄 것도 없는
> 못할 게 많은 사람들에게 곁을 내주곤 했다
> 남편은 못할 게 많은 사람이다
>
> (……)
>
> 못할 게 많은 남편의 그늘에서 자란 딸은
> 하고 싶은 게 많은 모양이다
> 하고 싶은 게 많은 딸이 못할 게 없는 남자를 만나 못할
> 게 많은 사람이 된다면
> 근묵자흑의 부전여전이라 해야 하나
> 못할 게 많은 남자를 만나 못할 게 없는 사람이 된다면
> 어쩌나 그건, 상극즉통의 모전여전이라 해야 하나
> ──「삼대」 부분

그녀는 늘 "가진 것도 없고 줄 것도 없는/ 못할 게 많은 사
람들에게 곁을 내주"며 못할 게 참으로 많은 남자와 가족을
꾸린다. 그녀의 딸아이는 모든 길을 한꺼번에 갈망하며 당
장의 기적을 꿈꾸는 러시아 시인처럼 하고 싶은 게 너무 많

다. 그런 가족들을 바라보며 그녀는 느리게 죽기로 작정한
다. 그녀는 인내심 없는 존재들을 정말 사랑하나보다. 그렇
지 않고서야 어찌 그런 남자와 결혼을 하고 그런 아이를 낳
았겠는가. 그것은 실수가 아니다. 그녀는 그들이 원래 어찌
생겨먹었는지 속속들이 알고서도 그들을 사랑하고 낳는다.

　　당신은 사랑'이' 하면서 바람에 말을 걸고
　　나는 사랑'은' 하면서 바람을 가둔다

　　안 보면서 보는 당신은 '이(가)'로 세상과 놀고
　　보면서 안 보는 나는 '은(는)'으로 세상을 잰다
　　　　　　　　　　　　　　　　　　—「은는이가」 부분

　'당신'이 존재와 존재를, 말과 말을, 시간과 시간을 이어
가는 조사를 '나'와 전혀 다르게 운용하는 사람인 것을 나
는 이미 알고 있었노라. 그런데 나는 "당신의 혀끝", 그 "멀
리 달아나려는 원심력"을 사랑했으며 그리 생겨먹은 당신
을 크게 바꾸고 싶지는 않았노라. 그렇기 때문에 시인은 "가
까이 닿으려는 구심력"을 자처한다. "그러니 입술이여, 두
혀를 섞어다오/ 비문(非文)의 사랑을 완성해다오"라는 시
구는 당신과 나라는 이질적인 두 존재를 사랑의 입술 속에
서 섞어달라는 주문이 아니다. 그것은 달아나려는 힘이 지
속될 수 있도록, 자신이 버텨주는 힘으로, 구심력으로 남겠

117

다는 남루하고 간절한 선언이다. 이것이 비문, 말이 안 되는 말인 것은 서로 다른 조사를 고집하는 두 혀가 충돌했기 때문이 아니다. '나'는 원심력을 사랑하고 열망하면서도 함께 멀리 달아나려는 대신, 구심력으로써 바람을 가두며 강을 불러 세우고 산처럼 주저앉는다. 그래서 '나'는 나의 사랑을 말도 안 되는 '비문의 사랑'이라고 칭한다.

비문(非文)의 전사

달아나려는 사람과 가까이 닿으려는 사람. 둘 중 누가 더 싸움을 잘하는가? 달아나려는 영혼은 싸움을 좋아한다. 츠베타예바도 아마존처럼 전쟁터로 달아나고 싶다고, 십자가와 철모를 사랑한다고 노래하지 않았던가. 가까이 닿으려는 영혼도 싸움을 좋아하는가? 그건 잘 모르겠다. 그럼 싸움을 싫어하나? 그것도 잘 모르겠다. 우리가 알 수 있는 건 구심력의 혀를 가진 그녀가 이렇게 믿는다는 것이다. 비문의 사랑을 완성하려면 전사(戰士)가 되어야만 한다. 그리하여 시집의 도처에 싸움의 흔적이 드러난다. "한잠을 자러 전생을 출정하는 나는 한잠의 전사"(「한밤이라는 배후」)이며 「사랑의 병법」이 필요하다. 그녀의 봄에는 개나리, 진달래, 목련, 모란, 양귀비도 전부 쌈질을 하며 피어난다.

선홍의 목젖이 버럭 돋고
노란 양은 쟁반이 달려든다 덩달아
분홍 다라이와 흰 주먹이 획획
오월 내 한 치도 물러서지 않는
새빨간 바가지에서 핏빛 주발까지

—「춘투」 부분

열일곱 살에 죽고 싶어하는 사람은 홍조로 달아오른 뺨을 지닌 소년병으로 첫 전투에서 죽기를 갈망하는 자이다. 그런데 비문의 전사는 모든 곳에서 전장을 발견하긴 하지만 뺨을 불태우며 싸움에 몰두하는 것 같지는 않고 그저 잘 싸울 뿐이다. 이 전사는 싸움이 늘 필요하다고 생각하는 모양인데, 초원의 가장 얌전한 평화주의자로 언급되는 기린에 대해 이렇게 말하는 걸 보면 그것을 알 수 있다. "제 그림자를 지키기 위해선 기린도 기다란 목으로 서로의 목을 감고 싸운다".(「위대한 유산」) 목이 길고 가는 것들은 연약하다. 목은 한 존재의 급소는 될 수 있지만 무기로 삼기는 어렵다. 그런데 이렇게 목이 긴 존재들조차 싸운다. 존재의 그림자를 지닌 모든 것들은 그 자신의 존재를 지키기 위해 싸운다. 그러나 이 전사의 사유 속에는 존재의 호전성에 대한 매혹이나 감탄이 없다. 시인은 기린에 이어 곧바로 "온몸이 그림자인 뱀은 몸 전체가 목이다"(「위대한 유산」)라고 말한다. 평화로운 곳에 불화를 가져오는 사악한 동물의 표상인 뱀의

징그러운 몸뚱이가 사실은 가장 가느다란 모가지란다. 결국 싸움은 호전성, 즉 선호의 문제가 아니라, 그저 태양 아래 있는 모든 것들의 존재의 그림자와 같은 것이며, 그래서 매혹될 것도 유별날 것도 없는 삶의 매 순간들이다.

이러한 깨달음이 있기에 비문의 전사는 요란하지 않게 지그시 웃으며 끈질기게 싸운다. 이 싸움에는 장렬한 전사(戰死)가 없고, 못할 것 없는 아버지와, 못할 것 많은 남자와 결혼한 나와, 하고 싶은 게 많은 내 딸아이, 이 삼대가 이어가는 전사(戰史)가 있고, 그 뒤를 이어가는 끝없는 이야기들이 있을 뿐이다. 비문의 전사는 리듬감 있는 유머를 통해 시집 도처에서 명랑한 싸움들을 보여준다. 나라면 지쳐 드러누웠을 순간에 이 전사는 잘도 싸운다. 통과 꿀통을, 홀과 맨홀을 철저히 구분해야 직성이 풀리는 내게 이 전사가 무섭고도 무거운 말을 던진다. "통인 듯 꿀통인 듯, 홀인 듯 맨홀인 듯/ 벌리고 있는 것들이란 대체로 가없고 가엾다".(「각을 세우다」) 그 말을 도통한 듯 떠들었다면 나는 이 전사가 무척 미웠을 텐데, 자백하듯 던진다. 그 말이 "자본론 대신 자본을, 선동 대신 선거를 믿게 된 너의 마지막 믿음"이며 그 믿음의 힘으로 누군가가 "중력을 역행하는 일"에 필요한 대가와 비용을 대고 있음을 전한다. 이 자백에는 자부심도 자괴감도 없다. 그날그날의 근황을 전하듯 안부를 묻듯 그렇게 말한다. 그리하여 나는 제대로 대들지도 못하고 말 안 되는 속수무책의 부조리한 전사를 물끄러미 바라보게 되는 것이다. "정맥은 왜 푸른가", 그 더러운 피가 왜 푸르냐고 나도 따라 물으면서, "손목 안쪽에서 백기처럼 벌떡이는 정맥의 노래"(「한밤이라는 배후」)에 귀기울이면서 이런저런 생각에 잠기는 것이다.

평론하는 한 친구는 늦은 밤 술자리에서 누군가 울기 시작하면 늘 손수건을 빌려준다고 한다. 그 깨끗한 손수건은 그의 어머니가 매번 챙겨주시는 것인데 그 손수건들로 꽤나 많은 시인, 소설가가 눈물 콧물을 닦았다고 들었다. 나는 늘 그 친구의 아름다운 문장들, 문학적 노동을 기억하고 또 술자리의 문학적인 대화를 신성하게 기렸지만, 콧물을 닦다 누군가의 주머니 속으로 들어가 되돌아오지 않는 손수건을 매번 챙겨주는 반복적이고 지칠 줄 모르는 노동에 대해선 찬양도 감사도 한 적이 없다. 나는 그런 노동을 감당하는 사람이 될까 두려웠으며 종종 그런 노동이 문학에는 존재하지 않는 듯 행동한다. 그렇지만 우리의 문학적 댄디즘을 지탱해주는 사랑, 우리의 문학적 눈물과 콧물을 닦아주는 손수건을 끝도 없이 빨아대는 사랑, 우리의 문학이 시작되기 전에 우리 곁에 머물러왔던 너무 오래된 사랑. 정끝별은 문학보다 오래된 이 사랑을 잘 알고 지독하게 해보았으며 그런 사랑이 존재한다는 사실을 자신의 시 속에 새겨넣으려 하는 것 같다.

그러니 나는 자백해야겠다. 나는 왼팔의 슬픔을 안다. 그러나 그녀는 왼팔과 오른팔의 슬픔을 모두 알고 있으니 온 세상을 껴안으라. 그녀가 더럽고 푸른 세상을 반짝 들어올려 조금 덜 젖고 덜 슬픈 곳으로 내려놓을 수 있기를! 슬픔의 외골수인 내가 도통 잘난 척할 수 없게 만드는 그 오래된 사랑의 힘으로.

정끝별 1988년『문학사상』에 시가, 1994년 동아일보 신춘문예에 평론이 당선된 후 시 쓰기와 평론 활동을 병행해오고 있다. 시집으로『자작나무 내 인생』『흰 책』『삼천갑자 복사빛』『와락』등이 있다. 유심작품상, 소월시문학상, 청마문학상 등을 수상했다.

문학동네시인선 063

은는이가

ⓒ 정끝별 2014

1판 1쇄 2014년 10월 28일
1판 12쇄 2024년 2월 1일

지은이 | 정끝별
책임편집 | 김민정
편집 | 이경록 곽유경
디자인 | 수류산방(樹流山房)
본문 디자인 | 유현아
마케팅 | 정민호 서지화 한민아 이민경 안남영 왕지경 황승현 김혜원 김하연
        김예진
브랜딩 | 함유지 함근아 고보미 박민재 김희숙 박다솔 조다현 정승민 배진성
제작 | 강신은 김동욱 이순호
제작처 | 영신사

펴낸곳 | (주)문학동네
펴낸이 | 김소영
출판등록 | 1993년 10월 22일 제2003-000045호
주소 | 10881 경기도 파주시 회동길 210
전자우편 | editor@munhak.com
대표전화 | 031) 955-8888 팩스 | 031) 955-8855
문의전화 | 031) 955-3576(마케팅), 031) 955-2678(편집)
문학동네카페 | http://cafe.naver.com/mhdn
인스타그램 | @munhakdongne 트위터 | @munhakdongne
북클럽문학동네 | http://bookclubmunhak.com

ISBN 978-89-546-2624-8 03810

* 이 책의 판권은 지은이와 문학동네에 있습니다. 이 책 내용의 전부 또는 일부를 재사용
  하려면 반드시 양측의 서면 동의를 받아야 합니다.

잘못된 책은 구입하신 서점에서 교환해드립니다.
기타 교환 문의: 031) 955-2661, 3580

www.munhak.com

문학동네